蔡知臻——著

品·味

留下一片綠意，為年輕

芸朵

蔡知臻是一位從大學時代便開始愛詩寫詩的大男孩，這是他的第一本個人詩集。他在大學時代上過我的現代詩的課程，在詩創作及理論上的投入，遠超過許多年輕人。大四那年，知臻申請研究所時，我才看到他的另一面，原來，他除了寫詩，還寫散文、雜文，並在有限的時間與精力內，參加各種文學獎比賽，投稿各種報刊雜誌，嘗試各種寫作方式。

詩集《品‧味》是他這一、二年的生活品味，拿到詩集時，我以為自己迷失在年輕人的無釐頭思考中，好不容易弄清詩集的特色與設計，原來，詩集以隔頁的方式將詩題與內容分開，是一種很現代感的大膽想法，也許在這種隔離中，隱約反映出年輕人對社會、對人群、乃至於對未來的一種疏離感，這些若即若離的客觀性，透過他的詩中內容看出一點端倪，一個本是鮮明地活在現代社會的年輕人，卻有著站在一、二公尺外的距離看待世事的態度，對於外在事物的解讀有著他個人獨特的遠觀。

同時，他在文字的書寫中，透顯出冷靜的觀察，例如〈貪婪〉一詩，題目點出貪婪，內文卻冷冷地敘述：

男人
收藏一雙艷紅的高跟鞋後
依然會在詢望的是
限量版的那個
滿足各種喜歡　與愛

收藏高跟鞋的不是女人，而是男人，高跟鞋成為美麗女子的隱喻，而男人已經收藏之後，卻還「詢望」，這個詞含有著詢問、探索、與希望的神情與口氣，比用詢問還要形象鮮明，而「限量版的那個」，顯然是女人，但用「那個」一詞，把女人物化，「那個」是用來滿足男人的各種喜歡與愛的物，物化女人的是主詞就是男人，如此一來，就將這個事件變成一種普遍的道理並帶著嘲諷的意涵，同時，把個別的情感提昇為普遍的可能性，在文字背後隱藏的那個冷靜的我，與那雙客觀的眼睛，就是詩人對社會的觀察。

在這本詩集中，幾乎是以相當冷靜的眼睛在觀看世間，以年輕人的角度與情感，他書寫著對家鄉的感情，如〈我是金門人〉、〈故．鄉〉、〈金門高粱〉等詩，也寫他求學生活如〈圖書館日常〉，寫對社會國家的期待，如〈時代．力量〉、〈藍綠的國度〉、寫他與學生的互動，如〈叮噹作文小學堂〉，更多的是對愛情的渴望，對情感的觀點，也寫出他對情感的細膩想像，對於愛情、友情、家國各種情感的抒發，可見出他對世事的關懷。

保有個人的想法，他表現出時下年輕的微微的焦慮，筆下卻是冷靜的客觀書寫，也表現出年輕人對於未來生活無可奈何的苦悶，而筆調卻是理性的。我想，對於生命，留下一些紀錄是美好的，年輕時的夢想也許沒有那麼完美，但若是沒有吹出夢想的汽球，哪來實踐的可能？而未來也正是此刻慢慢積累而成。這些，都曾經走過，畫下痕跡，無論好或是壞，成功或失敗，高興或悲傷，都沒有關係的，因為年輕，留下些什麼紀錄吧，用文字，就以一本詩集。

蕓朵

二零一七年九月二十二日

於山實齋

品・味《品・味》——知臻的首本個人詩集

趙文豪

知臻繼與李婷合作出版的詩集《跨海緣》後，首本的個人詩集在千顧萬盼的期待終於面世。在知臻的作品裡，能見到一種學院詩人的自信，在他的創作裡，有獨具的文字魅力——博取深厚的學識養分與天生的捷才敏思，顯出作品裡的清亮與溫熱；在這些飽滿的抒情意象裡，關照這個社會，使他的作品有許多哲思，提供微言大義的思考。

詩集《品・味》共分為三輯：「微・收納」、「醺・日常」、「迷茫・關於愛」，字字都是譜出自己的真切情感，以及對於外在社會的觀察。有許多單字命題的小詩，收納情感飽滿的瞬間，例如：愛、慾、夢、幻……。〈夢〉是「一天的疲勞禁錮於芳床上／我總是微笑面對／不屬於現實所有的／夢境」，〈幻〉則為「幻影的美好關於我和妳拉手／孤獨身影的背後／總出現咱倆曾經寫道的／佳話」。在〈夢〉裡看似終結的夢境餘音，隨即在次首〈幻〉再起，內探讀者的心理，迂迴進擊的途徑，所謂「那些不存在的」抒情，在神祕氣息的意象裡，帶著讀者相互的辯證與碰撞，展現作者的詩作藝術。也有許多關於地誌的作品，寫故鄉、寫金門、寫旅居的經過，尤其對於知臻身為金門人的身分認同，在〈我是金門人〉：「國與族的誘惑／終如羅生門般成為不解之謎」，當「公共空間」與「私密空間」就產生了螺旋式的連結，彷彿像是邂逅某個地蹟時，所得到的召喚，詩人獨行的身影行走在另一塊國土上，以個人的故事發展成為屬於自己的國族寓言，在這趟生命之旅，在〈故・鄉〉詩作裡，則見到血緣與文化的歸屬描摹。

然而，以《品・味》作為這個社會的發音，從對於土地的情感連結自我的生命經驗，涉及政黨、藍綠，與社會事件等，關心的都是自己腳下的這塊土地，在〈我等你回來〉，紀錄台南震災，殷殷期盼的等待未果，詩人寫出最沉鬱濃厚的思念，使讀者同樣擁有椎心之痛。在〈藍綠的國度〉裡，詩人提倡跨越黨派顏色，像是環保象徵「路途是無盡的綠」，我們要的是真心為這塊土地作為主位的思考，而非只是為政黨前途而思考的理念，畢竟「綠的青翠與藍的遼闊呈現的是在地的土色」，我們應當睜開雪亮的眼睛去觀察，「朝聖的是盲目的白」，如果面對到社會重大事件如「南台的天翻地覆」。有時，政客的承諾像「酒釀的謊言」。詩人以傳神的諷喻技法，又辛又辣，最後所期待的理想世界，是「彩虹的國度」，是跨越不平等的思考，亦為期盼融合再造。值得讓人留意的是，又名叮噹老師的知臻，同樣已投身在教育現場，萌發屬於自己的教育理念，在〈叮噹作文小學堂〉，「伸出圓手而有所連結／歡迎涉入／異想的方格學堂／創作出／沒有方格的世界」，就內容而言，這就是學生所期望的；而在技巧上則使用非常多的對比，在現行的教育體制下，對襯出對於想像力的無限擴張。

知臻目前是就讀於國立台灣師範大學台灣語文學系的八年級詩人，有相當多豐碩與早慧的研究結晶，研究含括灣生的主題、身體政治與情慾流動、觀光凝視、文本轉譯的敘事策略……縱深台灣族群的歷史，橫跨地域的跨越，挖掘自我的內在意識，發掘台灣後現代以後的書寫策略與創作意圖，由此可讓我們清楚看見作者對於現代詩的熱情與專注。其實，在就讀於元智大學時期的他。許多詩歌活動裡，就能經常聽到知臻的名字。在未來，想必會持續聽到他的名字，響亮在現代詩的研究與創作領域。

推薦語

欣聞知臻的詩作《品．味》即將付梓，迫不及待一一詳讀，希望從字裡行間熟悉這位詩友，這也是我對知臻及其詩作的初識。從其詩作主題的多樣性、對自我與他人懷抱熱情與好奇、其情思之細膩浪漫及理念之犀利直爽，可以了解知臻是個充滿溫暖的心與清明思維的詩人。若您也想感受一個人及一本書的溫度，歡迎品味《品．味》。

——顧蕙倩（詩人）

蔡知臻的詩運用日常語彙，汲取社會和現實關懷，批判中亦有貼近生活的諧趣。他以寬容、純摯之眼凝視身邊種種，戛然而止的語氣、情欲意象的堆疊，傳遞情感關係中的寂寞與痛感。

——李蘋芬（詩人）

〔目錄〕

輯一

微·收納

也許

也許
落葉會在寒冬中發芽
妳會牽起我柔弱的手
世界會因我而
停止旋轉吧

賞花

紅的是早熟的苞
白的是未了的情
彩色的國度人人稱羨
在何？
哪方？

倒帶

如果那年沒來得及與你相愛
愛你的心如膠似漆
今年
也沒空倒帶
專屬的紀錄片

聽說

聽說
某某台文系倒下
但是
家己的語言家己救

住院

域外隔絕的是身與心
然而
我卻擁有
滿滿與純純的家人

想你

抱在懷中的那個
你已經不是你
「新年快樂！最近還好嗎？」
魚往　雁不返

愛你

我會撈起湖中的明月
因為　愛你
我會摘下天空的星斗
因為　愛你

貪婪

男人
收藏一雙艷紅的高跟鞋後
依然會再詢望的是
限量版的那個
滿足各種喜歡　與愛

冷漠

你好嗎？……
吃飽了嗎？……
天冷　穿暖些……
關你什麼事？

真諦

風平浪靜的是浮水瓶中信
穿越時空之起降
善惡理論擠出
筆墨真言

闖入

生活中出現列強
殺入行事曆中
使之導向
於傾斜的主體　與決心

夢

一天的疲勞禁錮於方床上
我總是微笑面對
不屬於現實所有的
夢境

幻

幻影的美好　關於我和你拉手
孤獨身影的背後
總出現咱倆曾經寫道的
佳話

逆

河川順流而下
也許
日子過得逆向一點
綻放的彩虹　會更艷麗些

涙

鹽巴灑在花朵上
粒粒是你我走過的痕
堆積的不是山
是想你的淚

房

你是我唯一能放鬆的基地
空間中的氣息五味雜陳
是回憶與愛你
的記憶

愛

孤獨的人
來電並攜手是夢與理想
開啟不一樣的
初一

慾

你總是不經意油然而生
燥熱的身軀與鼓動的靈魂
是對於男體愛戀的渴
望的是彩虹國度的實體化

春

白雪覆蓋後的純純
是枝枒探頭前的蠢蠢
純的是第一次愛
蠢的是不安於室

繩

只有長長的手臂
在需要的時候
會漸漸伸出拉拔的
一臂之力
但偶爾會發出
「啪！」

我是金門人

國與族的誘惑
終如羅生門般成為不解之迷
每次都想
呼喊你的名字
我是金門人

安全至上　對吧？

金門高粱

清澈透明只是外貌協會
火熱的女子
使你
與島載浮載沉

故·鄉

踏上島嶼的男子
一直認為是對岸之人
但他忘卻的是
燒不盡的根
與愛

有一點想你

想念
如海水延伸至無盡的藍
與礁石重擊內心的思
刮出系長血紅
虐人的
一「切」

你已遠離我的世界

枯樹不再仰賴強光與細水
佇立於人海中央
只剩下
口水　汗水　與黯淡無光

圖書館日常

回望一些青春
增添幾句論述
塞進教育學的必修概念
想想未知的你

兇手

幽暗的密室中
你殺了他嗎？還是她？
看來
只是扼殺了彼此的信任

輯二

醺・日常

我已學會一個人獨處

好想大聲的說
我想一起
但
大家都盯著四方螢幕
抓
寶貝

我已學會
一個人任性的往前狂奔
只為達成更臻的未來
絕不只是
因寶貝
而奔走於台北城內

獨處讓人心安
也使人焦慮
想訴說的種種
只有那個
已學會獨處的自己
能傾聽
彼此的心跳
與愛
你我的心

絲語牽掛

細長的絲
是你我繫曬的思
掛不上石斑牆
畢竟　脆弱
依舊語音信箱
我期待你仍與我接軌
音律的牽掛
是屬於彼此的
絲
與思

上鐘

他，理所當然把疲憊
拋上紫禁城專屬的沙發床
我，順其自然
坐在他床腳邊的凳上
全自動按摩
接近雙足
風裡吹著遊魚在河
若有似無的氣息
我必須呼吸
五柳詩，句句在嘴中
輕點
咳，宿命

我眼中
如一始終的黑

指尖的漩渦正在運動
經絡的能量正在流動
想像他、臆測她、或白描它的腳
別放在心
在我眼裡，墨始終離未暈
意象、幻象
並未畫上

按摩器繞過狹縫
經過五個隙孔
翻山越嶺、過五關斬六將
點住穴位
走過了他
每一條支流
無不放鬆

長針環繞一周
他抓住我的手
注入白水真人
存亡之時的救命仙丹
我收下它
為其折腰
他言謝而去

上鐘
無限迴圈
直到疲倦

我想收納你

你的眉眼你的舉止
我想收納
於左心房中
展演屬於我兩的
舞姿

你的微笑你的狂笑
我想收納
於右心室裡
映照彼此對話的
投影

你的上身你的下身
我想收納
於右心房內

從無名指扣上圓周的
那一刻開始

你的軀體你的心靈
我想收納
於左心室間
紀錄你我的全部
與愛你的
記憶

二一 魔咒

魔咒
侵入莫名的神祕夾縫
穿越
即發放紅字印刷品
佇立於紅磚上
速速經過之必要
避免挑釁之必要
從不知為何懼怕？

細小如抽絲
未知的旅程
因浩克身材得到免疫証明
六人行
必有疑信者焉
破處後

才得知中咒後的紅顏

殘

苦

當伏流已成事實

馬來貘的心
路人　皆無知
伏流於心的感慨
只因從未有過游移與模糊

黑白的世界
理當是人人嚮往
非黑即白的公理與正義
豈能懟怨

有一天
若能逃離不安的心
也許是伏流與黑洞交鋒的
時刻

我等你回來

——記台南府城震災

爐火化為灰燼
你曾與我揮手
先走吧不用等那燒盡的光禿世界
但
我害怕的是：孤獨

地牛使你我離散
孤獨的人
在維冠外等你回來
彼此的相識
永遠是忘卻不了的
初一

紀念日團圓
夢碎了　心絞了

我依然
等你回來

敬 郭沫若

我是雲河系中的某顆彗星
苗小、無為
但是
我心中的小宇宙
快要爆了
爆了
爆了
爆了
射程遙遠只是因為壓抑過剩
我要射了
我要插了
我
爽了

綠社聯盟

找回說話的勇氣
起來，改變未來
為台灣許一個新希望
選一個跟你一樣認真生活的人
青年改革用欣選擇
唯有世代正義才有公明正義

政治不止兩個選擇
爛政治停下來
慢政治一起來
居住是人民的基本權利
守護宜蘭風土水田
桃園扎根國會新聲
勞工沒人疼
只有自己拼

平等慢不得
同志要成家

你已攻下我的致命傷

時代·力量

現在，決定未來
時代挺青年
青年創時代
為人民辯護
勇敢讓改變看得見
從時代贏回台灣

為了下一代
努力需有意義
弱勢代言需發生
創造銀髮軟實力
原民力量對決政治

性別？
不屬時代新力量？

藍綠的國度

國家倡議　轉向中心本位
路途是無盡的綠
環保
但保存期限是障礙

你曾說過綠旗與藍旗兼舉於雙手
而我所看到的只有大地
但你說綠的青翠與藍的遼闊呈現的是在地的土色
野餐時所需的是油油大地　美食佳人
更不忘藍天白雲的風光明媚
為什麼？藍綠旗間總有條斷層

溫降大雪
朝聖的是盲目的白
南台的天翻地覆
死忙筆記本訴說的是　115死

沉淪的國度
緊急的國度
無助的國度
邊緣化的國度
人民的心是前列腺
感受真實而（不）爽度第一
藍綠齊心該拯救的即自以為稱霸的國度
惡鬥、抹黑　使人成為喪屍

未來
沒有邊界
期許
彩虹的國度

童言·童語

酒釀的謊言
又純又烈
國王虛榮的完美外表
被純真小孩的一句實話
踐踏於地
「國王怎麼沒穿衣服」
虛幻被真實打敗
成為解酒秘方
酒醒了
連篇苦笑

飽滿多汁的柑橘
一剖
揭穿敗絮其中之內幕
細數謊言的髮絲

燙　染　護
禿頭掉髮為成為劇終
虛幻與真實
一線之隔
我打開雙眸
啊　夢一場

高貴的公主
一個吻、千斤重
被下咒的綠色生物
需要她
一些憐憫與施捨
哲學的沉思與考慮
往往擁有意外收穫
青蛙變王子

她的放下身段
得到
一起走到最後

深陷泥沼
我拼命掘土直上
努力價值何在？
被貼上不明標籤
主流意識給予的無形暴力
次等的對待、生活
無路　可走
Trick or treat
一顆糖
代表希望

微光
帶給她絲絲希望
忍受大雪摧殘
接受人情冷暖
全家圍爐的聖誕夜
她沒有
而是找尋火柴棒的新主人
他瞬間失明、他瞬間耳背
三根火柴
陪伴她走過人生的
劇終

殘酷
是社會帶來的負屬品
黑色面具

人人皆有
火柴的背後
是阿河枉死之源
忽視與遺忘
是藉口、是面具
能不能以面視人？

笑話

幽默男子的生活口糧
笑話是主食
承載魅力的展期

盜竊與背叛
只因他的缺糧、斷食
摯友轉化故事主角
成為笑話

給你

和煦陽光下的影子
陪伴的是我和你
彼此注視
永遠看不清楚的是
你的黑與夢

不知道自己該怎麼接受
我曾想微信你
也曾想封鎖你
更曾想拋棄你
但
卻沒有辦法割捨你
永遠以黑臉視人
你
也許才是真正的
我

叮噹作文小學堂

你我屬於師生關係
是因伸出圓手而有所連結
歡迎涉入
異想的方格學堂
創作出
沒有方格的世界

創意與思維
本日最新商品
感情與敘事
本週限量選購
想像與陳述
本月滿額贈禮
活潑與開朗

本季主題活動
歡迎蒞臨選櫃擇品

百寶袋裡
無盡的方格與符碼
邀請您一同享受

那是一顆神奇的聖果

微酸的人生
個中滋味是主格
通紅大臉配上荷葉頭飾
雖美　但
必須不同族

農藥是你的摯友
果農是你的父母
市價是你的愛人
人類是你的敵人
嘴巴是你的棺木
人生長　人生短
取決於你的肥美
雖美　但
無抗壓性的臭名

餘音　繞梁

那是一顆神奇的聖果

隱匿

這是一種責任
早晨的雞鳴
夜晚的漏網之魚
你還在沉默
藏匿於微暗處？

原來
這是一種
二十一世紀仍需完備的
責任

獨自

獨立的座位
左右剩下嘈雜的婆媽與
放閃的三倆三
喜劇電影播放著
開懷大笑之必要
但吾
心正撕裂之必然

堵塞的口
只有傷感之人才懂
烏雲滴落的細雨
內心下著大雨
與你
似乎有些隔閡

正在與你遠去

本已靠近的心
卻引爆出尷尬築成的　高牆
你說沒關係
但我刻意　否定自我
原來
是我太貪心
不想與你
遠去

跨海緣

——給摯友李婷

同族不同國
妳我相逢於日治時期
穿越時空的是流轉時光

一步一跨越
掌心之線錯縱交會
妳我屬於？

生命竟像蝴蝶結
蝶翼是遍小天地
始終不同邊及其悲歌

唱響夢的序曲
跨海
相會
終究不易

輯三

迷茫・關於愛

哀

在野蠻包圍下
她不自然咀嚼羞愧念頭
違反倫理與道德的旅程
哀號、反抗
激起男性的原始獸性
被占有
是唯一結局

她冥想過天堂
但始終空蕩
皺褶的床單，圍剿著整顆受傷的心
鼓起勇氣刻寫死亡意志
注入的白水真人
她，退縮

苦痛
來自男人激情的高潮
她披散長髮
低頭顫抖
背負孤伶撕裂的身體
繼續下一個旅程
被野蠻與獸性凌虐著
她哀嚎
哀號妓女的悲哀

聖誕・樹

期待下雪的日子
與你相會、你我的交會點

「好想去看聖誕樹喔？」

你Line我的是耶誕城綻放的青春
你送我的是未來
集於圓周之間
紅、綠、黃、白、黑
酸、甜、苦、辣、澀

你我的記憶回憶錄
從樹開始

與我有些隔閡

抱歉
你與我始終有些隔閡

花卉燦爛的是它的美麗
與我有些隔閡

艷陽高照的是它的活力
與我有些隔閡

傾盆大雨的是它的悲傷
與我有些隔閡

相愛相戀的是它的選擇
與我有些隔閡

隔閡的是我
與世界

學不會

使勁推進
壓制雙手的掙脫進行式
狂亂的吼叫聲刺傷右耳
嘴對嘴
是最佳消音法

11號公車相撞
鑰匙找對鎖頭之必要
痛感
與快感
只有鎖匠才能敘述

熟練的是流程與方法
不是情／愛
我
學不會

My M，關於失約，你有何看法？

無情的命運
喪失復興航空罹難者與M的約定
道歉是什麼
真聾？真啞？
口腔中的扁桃體
終是吞噬阻礙
摘除
方能守約
M，你覺得呢？

專屬十一朵玫瑰的日子
臉書動態閃耀逼人
墨鏡是必需品
我呢？
流動於成群的沙丁魚中

只有我是人類

My M，關於失約，你想？

My M，你有對我公平過嗎？

天秤穩固
以相信懸著
等量的愛
一個我在左膀
堆放你在腦海的造影
另一個在右臂
靠著你現形
做為影子
依偎著砝碼的質量
相互依存
但卻不擁有
靈魂的影

四月賞花
七月觀雪

忽冷忽熱的身體
我不及反應
另一個我看著高處的影子
說
M
你有對我公平過嗎？

BDSM

邀約的短訊
打斷論文思維
鳳凰文
炙熱於我悸動的小宇宙
鞭打是放任的表象
受虐才是王道
無力掙脫的緊
游向你的心臟
身心受暢

嗯、嗯、嗯……
啪、啪、啪……
你已超越爽度
黃燈永遠只是一瞬間
卻是心靈合一的桃花源世界

怎能捨得

湖水的寧靜
無大波與小浪
你我如此而已
曾經走進小道與你交融
砂石依然滴落在心頭

崎嶇左碰
蜿蜒右阻
即使美好如杯中紅酒
香醇又帶點苦澀
亦不配讓人品嘗

怎能捨得
讓你我只是朋友不是別的
怎能開口

讓你我只是友誼不再依戀
畢竟割捨不去
如秋夜的楓紅
難以在轉瞬之間
忘去彼此拍攝的紀錄片

放手是讓你追尋
更美好的未來
我們和主流不一樣
愛無優劣　更無等差
我怎會捨得放手
讓你孤單一人去承受
世界塑造的黑暗

你愛你／妳愛妳

你愛的應該是妳
但你又可能愛上你
現實的阻擋防止你愛你
但你愛你
是無法言語的
原野性情

妳愛的也許是你
但因羞澀
不敢大聲說妳愛你
妳愛妳
你也愛你
就愛吧

夢中愛你

你可為我摘起一朵花
將其花瓣撕下
灑在太平洋上
代替我對愛情的渴望？

黑夜要過了
指針仍與時間和聲
許多種音符

「我不在乎你愛我有多深，我只在乎在你心中我是
　否有分量。」

也許　現實的不允與批判
留給我痛苦的交織　但卻依然存在希望的流沙
陷入了

起身是痛苦的
夢成為碎裂輿圖
散落於床角
伸手　不可及
追憶　來不及
我在夢中愛你
也只能
這樣

愛，不限

靠近的心
無關異物的阻隔
玩弄於彼此之間的是柔與揉
當你進入
尖叫是最悅耳的序曲
高潮直至內心最深的
我與你
靠近　頂到了
舒適的點／心

充斥的血紅拓在掌心
撫動乳頭的粉紅
鹹與淫無關色／情
只關彼此的飽和

我必須愛你

因為憂鬱的軟件搭上線
你成為我生命中的火與熱
兩岸政策藍綠論
九二從未共識
但
一心一意的是彼此的心
無關國籍
未有距離
我必須
愛你

蜂蜜的甜美
與檸檬的酸澀　達陣
呈現黃金比例
長年飢餓如我

渴望的是一滴水、一粒米
而你
給我全方位的
心型圓周率
藉口只是
製造出來的假車禍
假摔　真傷
我必須
愛你

給最恨的F

憂鬱的是你的唇
蒼白掩飾彼此的熱血
排列組合放置在
極舒服的孔
來回吸吮
直至你我的心
越來
越恨

為愛發聲

那不是三言兩語
是咱兩走過的痕

面對虛擬投射出的
愛人
迷亂不清的是我扭曲的人型
地下道始終如一的黑
因紅心燦爛而光

ＮＮ相吸的是彼此的心
源於憂鬱的ＡＰＰ
愛的秘密樂章
潛伏起奏

你含住的時候很優雅

彩色的我們
繽紛了彼此生活的空
拆下包裝體驗真實
謹記
過於快速將導致反胃、卡喉
失去氣味
沒能滋味

緩慢是尊重彼此的方式
進入後含著
即是優雅
切記遠離牙齒的尖
再硬、再挺都將被破處
與舌接觸的瞬間
舔美愛滋傳入

無抗體阻隔
六色滋味各不同
肥胖演成原罪
失去遮蔽
奏出一曲　優雅與愛的華爾滋

獨愛

孤獨的人
在海上孤寂的漂流、迴盪
靠岸的永遠是不屬於自己的那座島
斷線、亂想
期待的只是
我
想愛
順利上岸了
緊接到來的是
大風雪與地牛翻攪
我被隔離於
愛妳山脈的邊境處
綠旗大肆揮舞只望妳能瞧見我
血色的心
我害怕

當我只有一
沒有雙

我從不知道有誰會看到這邊，仍在品味

蔡知臻

第一本個人詩集代表什麼？又希望它能是什麼？或許我能夠清楚的說，它是自身的另一種生活表現與敘述吧。我讀過許多詩人的詩作，但對於詩集的閱讀，我從來都是跳跳接接，並不會從頭看到尾，除非我要進行學術研究，但是我都會看有沒有後記可以閱讀，因為這會是詩人創作後最深刻的自剖與告白。希望你們到現在，都還在《品・味》。

在現實生活中，我是一個不勇敢的人，所以我用詩來挑戰、紀錄。許多人以詩為精神糧食、以此為中心，我並沒有這樣大的抱負，更不敢自稱很會寫詩，但我非常願意學習、聆聽生活上的是是非非，以及心靈上的點點滴滴。這本詩集的排版，閱讀者可能認為有些鬆散或是有許多的留白，但這樣的用意就是希望讀詩的朋友能夠有空隙、也能夠適時抽離。我不希望讀我詩的人要一直留在我的詩字中，因為藉由閱讀，所要看出的是對自我的反思與動念，希望大家都能了解我的用意，與珍惜讀者的心。

接下來我來談談幾首詩吧。〈淚〉一詩說到：

鹽巴灑在花朵上
粒粒是你我走過的痕
堆積的不是山
是想你的淚（頁48-49）

這首詩是在二零一六年的台北國際書展展場角落的地板上完成的，當時在展場中遇見好友曼聿，他依然是那麼有精神，言語之間可以聽出他細膩的心思與內斂的情感，他提議在展場裡寫句詩吧，我本來很抗拒，因為自認為我的詩與他有很大的距離，但因為他的鼓勵，我寫下這首〈淚〉。或許，我想表達的淚，就好似人生閱歷，雖然流過、擦拭過，但痕跡不會真正抹去，只會銘刻在內心最深處，只因為我想你。

咳，生活就是不斷的受傷，然後癒合，繼續受傷，然後接近癒合。〈繩〉一詩更是讓我印象深刻，因為它陪我走過十二個年頭。

只有長長的手臂
在需要的時候
會漸漸伸出拉拔的
一臂之力
但偶爾會發出
「啪！」（頁58-59）

這首詩的初稿，我在國中一年級時就已完成，當時的國文老師將詩印下來送還給我當作紀念，我一直貼在家中的衣櫃上。進入中語系就讀後，開始有系統的接觸現代詩欣賞與創作，感謝翠瑛老師讓我真正喜歡現代詩、並開始真正創作。之後拾起此初稿，修修改改，試著投稿，後來也如願刊登，最後收錄在此書中。我認為這首詩的完成跟人生一樣，要經過種種的歷練與修正，才能有看似完整，但其實仍須加強的呈現。

或許很多人認為，太早出詩集，或是急於曝光，好像不是很好，但我認為，這是某一個里程碑的紀錄，我用詩的文字在大家面前呈現，我已心滿意足。這本詩集的完成，謝謝自己願意創作、寫下；謝謝在我生命中出現的人事物，擦肩而過的也算，因為那一瞬間，你已映入我的生活。感謝家人，願意讓我走文學的路，雖然之前有許多紛爭，但謝謝你們包容我的固執，因為我想做我愛做的事。謝謝翠瑛老師，是您帶領我進入現代詩的領域。您常說，詩的門檻比較高，但我仍走進來了，是您的鼓勵與勉勵。謝謝秉學，這本書的大大小小都有您的血汗，與我留下首本記錄。這只是一個起點，終點在哪，我不知道，能寫就寫吧，我一直這樣認為。

謝謝你們看到這，因為我知道你們還在《品・味》。

蔡知臻

二零一七年十月六日

寫於貓空山下我的家

語言文學類　PG1897　秀詩人19

品・味

作　　者／蔡知臻
責任編輯／辛秉學
圖文排版／周妤靜
封面設計／楊廣榕

發 行 人／宋政坤
法律顧問／毛國樑　律師
出版發行／秀威資訊科技股份有限公司
114台北市內湖區瑞光路76巷65號1樓
電話：+886-2-2796-3638　傳真：+886-2-2796-1377
http://www.showwe.com.tw
劃撥帳號／19563868　戶名：秀威資訊科技股份有限公司
讀者服務信箱：service@showwe.com.tw
展售門市／國家書店（松江門市）
104台北市中山區松江路209號1樓
電話：+886-2-2518-0207　傳真：+886-2-2518-0778
網路訂購／秀威網路書店：http://store.showwe.tw
國家網路書店：http://www.govbooks.com.tw

2017年11月　BOD一版
定價：250元

國家圖書館出版品預行編目

品. 味 / 蔡知臻著. -- 一版. -- 臺北市 : 秀威資
訊科技, 2017.11
面； 公分
BOD版
ISBN 978-986-326-485-9(平裝)

851.486 106018344

讀者回函卡

感謝您購買本書，為提升服務品質，請填妥以下資料，將讀者回函卡直接寄回或傳真本公司，收到您的寶貴意見後，我們會收藏記錄及檢討，謝謝！
如您需要了解本公司最新出版書目、購書優惠或企劃活動，歡迎您上網查詢或下載相關資料：http:// www.showwe.com.tw

您購買的書名：____________________________________

出生日期：________年________月________日

學歷：□高中（含）以下　□大專　□研究所（含）以上

職業：□製造業　□金融業　□資訊業　□軍警　□傳播業　□自由業
□服務業　□公務員　□教職　□學生　□家管　□其它_____

購書地點：□網路書店　□實體書店　□書展　□郵購　□贈閱　□其他

您從何得知本書的消息？
□網路書店　□實體書店　□網路搜尋　□電子報　□書訊　□雜誌
□傳播媒體　□親友推薦　□網站推薦　□部落格　□其他__________

您對本書的評價：（請填代號　1.非常滿意　2.滿意　3.尚可　4.再改進）
封面設計____　版面編排____　內容____　文／譯筆____　價格____

讀完書後您覺得：
□很有收穫　□有收穫　□收穫不多　□沒收穫

對我們的建議：____________________________________

____

____

____

請貼
郵票

11466
台北市内湖區瑞光路 76 巷 65 號 1 樓
秀威資訊科技股份有限公司 收
BOD 數位出版事業部

(請沿線對折寄回，謝謝！)

姓　名：＿＿＿＿＿＿＿＿　年齡：＿＿＿＿　性別：□女　□男

郵遞區號：□□□□□

地　址：＿＿＿＿＿＿＿＿＿＿＿＿＿＿＿＿

聯絡電話：(日)＿＿＿＿＿＿＿＿(夜)＿＿＿＿＿＿＿＿

E-mail：＿＿＿＿＿＿＿＿＿＿＿＿＿＿＿＿